समय वाचाल है

समय वाचाल है

देवांशु कुमार झा

प्रभात
पेपरबैक्स
www.prabhatbooks.com

प्रकाशक

प्रभात पेपरबैक्स

4/19 आसफ अली रोड, नई दिल्ली–110002

फोन : 23289777 • हेल्पलाइन नं. : 7827007777

इ–मेल : prabhatbooks@gmail.com ❖ वेब ठिकाना : www.prabhatbooks.com

संस्करण

प्रथम, 2018

मूल्य

दो सौ रुपए

अ.मा.पु.स. 978-93-5266-521-1

मुद्रक

आर–टेक ऑफसेट प्रिंटर्स, दिल्ली

SAMAY VACHAL HAI

poems by Devanshu Kumar Jha

Published by **PRABHAT PAPERBACKS**

4/19 Asaf Ali Road, New Delhi-110002

ISBN 978-93-5266-521-1

₹200.00

साक्षात्, स्पृश्य

और

अनुभूत ईश्वरीय प्रज्ञात्मा को समर्पित,

जिन्हें मैं भैया कहता हूँ...

दो शब्द

भारतीय साहित्य के विशाल प्रासाद में कविता उसका प्रवेश द्वार है। कविता उस प्रासाद का प्रांगण भी है, कविता ही उसके गवाक्ष हैं और कविता ही उसकी छत है, मुक्त आकाश में खुलती हुई। और मैं? मैं उस प्रासाद में भटकने वाली आवारा हवा हूँ। जिसने युगों-युगों से चल रहे इस अनवरत सिलसिले को ठिठककर स्पर्श करने का प्रयास किया है। जो महाकवियों, मनीषियों को छूकर आनंदित होती है, उनसे अभिभूत रहती है। मैं कोई कवि नहीं हूँ, मैं तो बस कविता लिखने का प्रयास भर हूँ। मुझे कवि होने का रत्ती भर भ्रम नहीं।

मैंने अपनी साधारण दृष्टि से इस जीवन को देखने की कोशिश की है। मनुष्यता, जीव-जगत् की आपसी निर्भरता, माता-पिता, पत्नी, मित्र से रिश्ते, पर्यावरण, नदियाँ, ऋतुएँ, आपदाएँ, संस्कृति और दरिद्रता··· यही सब मेरी कविताओं के विषयवस्तु हैं। मैंने उन्हें अपने शब्दों से उकेरा है। इस प्रयास में अपने सभी समकालीन और पूर्वज कवियों का मैं आभारी हूँ। अपने अभिन्न मित्रों और सभी सगे-संबंधियों के लिए कृतज्ञ हूँ, जिन्होंने समय-समय पर मुझे प्रेरित किया। मेरा यह विनम्र विश्वास है कि मैंने भाव या भाषा में कोई चोरी नहीं की है, परंतु अनायास ही पड़ जाने वाली छाया से इनकार भी नहीं करता।

अस्तु,

—देवांशु

अनुक्रम

1
घर

मेरे घर का आँगन
अपनी आँखें मलता हुआ नींद से जागा है अभी
और देख रहा है कि घर अब तक सो रहा है
ऐसी बेहोश नींद कि दालान से दो तल्ले तक
तीन पीढ़ियों का पता ही नहीं चलता
काल के कठिन किवाड़-सा
दु:स्वप्न का एक द्वार खुल रहा है, पार उसके
आँगन में पानी बह जाने के रेखाचित्र हैं
सीढ़ियों से ऊपर जाते हुए गलियारे में
अंधे रास्ते पर चल पड़ी है रोशनी
धूप सुस्ताकर बरामदे पर चली गई है चुपचाप
इनसान, परिंदे नहीं आते टटोलने उसकी देह
रसोई की बास उड़ चुकी है कब की
पीले पड़ गए हैं हाथ में लड्डू लिये कान्हा के दाँत
अर्चना देवी की पथराई-सी प्रतीक्षा है
माँ का कमरा कुछ टटोलता है
बाबूजी की बैठक चुप-चुप बोलती है
ताकते छज्जे नीचे आकर लटकते हैं
समय का स्थापत्य झरता है
छत बेसुध सो रही है न जाने कब से
अभी-अभी एक हवा मायूस होकर गुजरी है वहाँ से। □

2

गाँव

कब का माटी हो चुका है
मेरे घर के आगे का मचान
दरवाजे पर रखीं चौकियाँ भी
चुपचाप कहीं चली गई हैं
पड़ोस की दीवार के पीछे
कुछ पुराने हाथ काँपते हैं
एक अनब्याही बेटी, बहन
दबी जुबान में बड़बड़ाती है
भीत भेस बदलकर बोलती हैं
सुन चुके हैं सभी साफ-साफ
हर घर में लगे हैं नए दरवाजे
खोलकर रख दिए गए हैं
खुले-खुले से पुराने पल्ले
झीना-सा झलकता है बरगद
मेंड़ें मुँह लटकाए लेटी हैं अकेली
बाट एकाकी हैं पगडंडियाँ पीली
पाती ब्याह दी गई है जबरन
भूले-भटके ही मायके आती है

बगल में खड़ा सौ फुट ऊँचा
लोहे का दामाद डाकता है
ताश के पत्ते फड़फड़ाते हैं
गरम दौर के ठंडे हाथों में
मास्टर साहब अब सर हैं
और पाठशाला है सराय
पर शिवाला खूब दमकता है
सुना है शहरी पैसों से
बड़ी आवभगत होती है भगवान् की
मेला–ठेला भी बराबर लगता है
मुश्ताक नजरों की दुकान नहीं लगती
न जाने क्यों जवान नहीं दिखते
लेमनचूस सड़ चुका है दाँतों के नीचे
सुबह, दुपहरी पिस रही है गुटखा चबाते हुए
शाम घिर रही है गाँव में।

□

3

निर्वासित पिता

मेरे पिता रद्दी जमा करते थे
एक कमरा रद्दियों से भरा था
उसमें सन् पचास के अखबार थे
उसी समय की पत्र-पत्रिकाएँ भी
माँ उन रद्दियों से चिढ़ती थी
और पिताजी रद्दियों में भविष्य देखते थे
वे मानते थे कि किसी दिन
उस ढेर में से कुछ
ऐतिहासिक खबरों वाले पन्नों का पुनर्पाठ होगा
दिलचस्प तो यह कि कई बार माँ ने
उन रद्दियों के टाल से
बीस-बीस किलो अखबार बेच डाले
और पिताजी को खबर तक न लगी
फिर एक दिन समय ने अचानक
पिछला-अगला सब रद्द कर दिया
पिता उन रद्दियों को घर समेत बंद कर
दिल्ली आ गए हमारे पास
रद्दियों में दबी न जाने कितनी ही खबरें

खामोश होकर दीमक के दाँव लग गईं
और एक खबर अखबारों में छपकर
रद्दी बन जाने को अब तक भटक रही है कि
मेरे पिता न उन रद्दियों को छोड़ना चाहते थे
न कभी अपना घर।

□

4

निर्वासित पिता-2

बाबूजी जब निद्रा में नहीं होते हैं
तब एक तंद्रा में होते हैं
समय के सेतु पर शांत
वे बैठे रहते हैं कुरसी पर
जैसे बैठी होती है कलात्मक मूर्ति
कभी जब अनिमेष देखते हुए
वे झपकते हैं अपनी पलकें
तब न जाने क्यों लगता है मुझे
वे झाँक रहे हैं पुरानी तसवीर में
जब नहीं झपकाते देर तक पलकें
वे देख रहे भवितव्य
वर्तमान उनका कुछ है नहीं
बस इतना सा ही कि
आदि और अनागत के बीच
वे रहना चाहते हैं यथावत्।

□

5

बाबा

बाबा को धीमा बोलना नहीं आता था
नाम पुकारते नहीं, चिल्लाते थे
चाय पीते कम, सुड़कते ज्यादा थे
खाँसते तो मुँह पर हाथ नहीं रखते
खखार अर्थ और आवाज दोनों को उभार देता
कुल मिलाकर नफासत उनमें नदारद थी
पर भीतर सीरत का एक बरगद था
धमनियाँ नहीं जटाएँ थीं
आत्मा तने जैसी, नजर हरी-भरी
जैसे बरगद दशकों खड़ा रहता है
वैसे ही बाबा बरसों खड़े रहे
और मेरे पिता तसल्ली से बैठ सके
हम बाभन और वह बाबूसाहब
लेकिन बाबा रहे तो ताउम्र बाबा बनकर
गए तो अपनी मूर्ति देकर
अब बाबा के दालान पर
एक रिश्तेदार रहता है
उसने वहाँ कुछ दड़बे बना रखे हैं

जैसे बाबा की तरह दालान खुला था
वैसे ही रिश्तेदार की तरह दड़बे बंद हैं
वहाँ से देखती रहती हैं
दाँव में बैठी दो खिड़कियाँ
दालान से दो तल्ले तक
बाबा दालान पर ही रहे
तीन पहर ही ऊपर आए
लेकिन बीते हुए बरसों के कई पहर से
आनेवाले बरसों के कई पहर तक
उनकी आवाजाही होती ही रही है
हमारे मन के सभी तलों पर।

□

6

शहर में माँ-पिताजी

माँ-पिताजी आते हैं वसंत की तरह
मैं खुश होता हूँ कि जैसे खुश होती है धरती
माँ सुबह-दोपहर, शाम दर्जनों ख्वाहिशें पूछती है
पिताजी चुपचाप कुछ-न-कुछ कहते रहते हैं
मैं बचपन का स्वाद लेता हूँ
और पत्नी चखती है आराम
होशियारी से रसोईघर में अब हाथ बँटाती है
बेटा साथी बच्चों को सुनाता है, दिखलाता है
कि उसके पास भी हैं दादी-दादू
स्कूल के लिए बस पकड़ाने से लेकर
उन्हें लिवा लाने तक की ड्यूटी अब उनकी है
और सुबह-शाम सब्जी-भाजी का झोला भी
उनके ही हाथों में लटकने लगा है
फिर एक दिन अचानक वे हमारी आँखों में पढ़ते हैं
सम्मिलित परिवार की कथा का आखिरी पन्ना
खामोशी से एक सुबह बंद कर रख देते हैं किताब
मुझे गरमी-सी महसूस होती है
वे बीत जाते हैं वसंत की ही तरह। □

7

प्रथम-प्रेम

हम दो अलग-अलग वर्ग में विभक्त थे
कक्षाओं की अदला-बदली में या फिर
टिफिन के दौरान ही टकराते थे
वह सुदृढ़ तनी रहती थी
मैं कंकर मारे हुए पानी की तरह
आवृतियों के आह्लाद में डूबा रहता था
नि:शब्द मैं उससे बोलता रहा दो वर्ष
अभिनीत वह सुनती रही चुपचाप
एक चित्र चलता रहा दिनचर्या की तरह
डूबकर जिसमें अलग-अलग ही रहे हम दोनों।

□

8

नदी-1

वह पगली-सी दिखाई देती है
सीमा तक दुह लिये जाने से
सूख जाती है जिसकी बुद्धि
बदन पर जिसके जमाने भर के गंदे कपड़े होते हैं
जैसे पगली के पास अकसर एक गठरी होती है
जिसे वह सँभाले रखती है
उसके पास भी कुछ गठरियाँ हैं खोखली-सी
पड़ी हुई यों ही, नदी उन्हें सँभालती तक नहीं
जैसे पगली लदे कपड़ों के साथ भी नग्न होती है
वह भी नग्न है, वैसे ही
जैसे पगली खाली होकर भी भरी रहती है
भरी हुई है वह भी, वैसे ही।

□

9

नदी–2

आज देखा एक नदी को उदास
उसका अकंपित शीतपिंड
रक्ताभाव से पीली पड़ी गर्भिणी जैसी
शिथिल पड़ी हुई थी नदी
छू लो तो जैसे परम भुक्ता
कोई सिहरन तक न हो पाती जिसे।

□

10

नदी–3

वर्षों मैंने उसे सुना
मध्य स्वर में गाते हुए
और श्रोताओं को देखा
अघाते–आनंदित होते हुए देखा
सप्तक के विनोद में
कभी जब सुना मैंने उसे
पूरे आलाप के समानुपात में
तब द्रुत ताल के साथ ही
सब ओर व्याप गई शांति
यहाँ तक कि करतल ध्वनि को भी
दो हाथ तक स्तब्ध ही रहे।

□

11

नदी–4

अगर बहना ही नदियों का धर्म है
वह भी नियत लय–गति से
तो आदमी भी अपना धर्म वहन कर लेता
नदियाँ बह रही हैं
लहर की वीप्सा पर
और हमारा बहना कैसा है ?
अगर समय नदियों से भीगता रहता
सीमांत तक न भोगता
तो नदियाँ भी अपने ही पानी में रहतीं
सब खेल पानी का ही तो है
सभ्यता का पानी जब से सूखने लगा
नदियाँ भी तभी से असभ्य होने लगीं।

□

12

नदी-5

निदाघ में काल से कर्षित
अंतस्तल से सिंचित
वृद्धा-सी पड़ी शय्या पर
आभास भर
वर्षा में आप्लावित
टलमल तटिनी
नवयौवन विविध रूपा
भर-भर देती दानपात्र
कभी छिन्न-भिन्न कर
नाच दिखाती नटिनी
शरद में शांत तपस्विनी
अपने ही लोक में लीन
प्रगल्भा को मालिनी
शिशिर में
शायित
कुहासे से कवलित
शरबिद्ध
पुनः वसंत में

प्रस्फुटन
खोलती पानी के पोर
आकुल तट–राम
मन–आँगन विभोर

□

13

नदी-6

नदी-किनारे बसे नगरों को देखकर
मैं यह मानने लगा हूँ कि
नदी स्त्री है और नगर पुरुष
नदी उसे बसाती है
नगर उसे भोगता है, दुहता है
तकरीबन उसके देहांत तक
तब भी अतृप्त-अशांत ही रहता है।

□

14

बहन (मधुकर के लिए)

भाइयों से अभिन्न
वे संततियों में भिन्न होती हैं
निजता उनकी न्यून है
परता का निजत्व सर्वाधिक
इतनी कि बचपन में ही
वे उगा लेती हैं भार की भोरवेला
स्निग्धता से सँवारती हैं घर
बुहारकर प्रशस्त करती हैं पथ
जिस पर चलना तो उन्हें भी होता है
पर वे चुन लेती हैं त्यागतीर्थ
भाई और माता-पिता को उतारकर वहाँ
किसी अन्य पुरुष को तारती रहती हैं ताउम्र।

□

15

कामवाली सीमा

वह एक ही आँख से देखती है
दूसरी दुखती हुई निशानी है, जो
पति उसे सौंपकर परलोक गया
आगे के दाँतों की दीवार दरक गई है
क्या पता, पतिदेव की ही कृपा रही हो
हिंदी में बुंदेलखंडी बोलती है
उम्र से ड्योढ़ी रफ्तार से चलती है
पैंतालीस में ही पचपन के पूरे चिह्न हैं
एक तरह से पूर्णता में असीम टूटन है
पर है वह एकदम जुड़ी हुई
जैसे होती हैं आर–पार को समेटे सीमाएँ
अपनी सीमाओं के एकरेखीय विस्तार में
वह सहेजती है मेरा घर कुछ इस तरह कि
देखनेवालों की दृष्टि विविध हो जाती है
और बोलनेवाले हो जाते हैं
शब्द संपदाओं से संपन्न।

□

16

दिन डूब जाएगा

एक दिन
दिन डूब जाएगा
पर दिनचर्या से नहीं
और रात, दिन के मटमैले विस्तार में
लंबे समय तक अस्त हो जाएगी
उस दिन धरती धरेगी एक रंग
जब लूटी गई दौलत
धूसर प्रवाह की गर्जना में गुम हो जाएगी
तब हमारे दिमाग में उग आए
दुस्साहस के पहाड़ पस्त होंगे
और उद्दंड इच्छाओं की नदियाँ होंगी नरम
तब कुदरत सबकुछ कह चुकी होगी, जो उसे
ईश्वरीय चोटियों की चमक चूर करने पर
और स्वच्छंद नदियों को नाथ डालने पर कहना था।

□

17

लड़कियाँ

सड़क पर भीड़ के बीच
दहकती धूप से बचते हुए
सिमटे से घूमते हैं कुछ साये
पसरी हुई पृथ्वी पर
हर दिन दहक बढ़ रही है
वृक्षारोपण के अभियानों को
चलाते हुए भी
मुश्किल हो रहा है
छाँव की शाखों को बचा पाना
निरंतर गरम हो रहे भूमंडल पर।

□

18

वेश्या

आँखें जहाँ दिन-रात ओढ़े रहती हैं देह और
मन सतत रहता है संभोगरत
उसी अतृप्त शहर की एक व्यस्त सड़क पर
उघाड़कर अपने दोनों उरोज
बैठी थी वह बाट जोहती
चिर भोग्या!
एक बार फिर से
भोग लिये जाने की लालसा में।

□

19

मर्द

बड़ी बुलंद होती हैं वे आँखें
जो आँखों को घूरकर देह को घेर लेती हैं
आप लाख चुरा लें नजर
समेट लें देह के किनारे
चढ़ ही आता है उस बाढ़ का पानी
जिसे रोकनेवाला बाँध अब तक नहीं बना
भोग लेने का यह विशेषाधिकार
उन आँखों में हमेशा से होता आया है
और अब तो जैसे नैतिक अधिकार ही मिल गया है उन्हें
कि उन बाँहों को यह आजादी किसने दी है
कि वो कर सकें ऋतुओं का स्पर्श
तन की त्वचा टोह ले सके मौसम की
वो मनमाफिक पहन सकें पैरहन
जब भी वे गुजरती हैं सड़क से होकर
हर पल आँखों का झुंड बेधे रहता है उन्हें
भले ही छू न सकें, दबोच न सकें
खयालों में मसलते तो रहते ही हैं उन्हें।

□

20

पुरुष और स्त्री

माँ बनते ही हो जाता है
स्त्री का स्खलन
झूल जाता है कमर का कसाव
वक्ष भी हो जाता है बेडौल
चरबी उभर आती है चुपचाप
प्रत्यंचा पड़ जाती है पीली
तब पति नया पुरुष बनता है
वही पुराना शिकारी, जो
अकसर खोजता रहा था
नई–नई त्वचाओं की तान
वह रोज निकलता है तलाश में
कोई मिल जाए तराशा हुआ तन
लेकिन उसे झपट्टा मारकर
भोग लेने से पहले
याद नहीं करता
अपनी परिणीता का पीत चेहरा,
उसकी परित्यक्त देह
क्या देख भी नहीं पाता है

पुराने पड़ चुके घाट पर
यहाँ-वहाँ उभर आए
अनगढ़ शिल्प का अलौकिक सौंदर्य
जो देह मात्र नहीं रह जाती
बन जाती है दो आत्माओं का आवास
जहाँ साथ-साथ रहा करती हैं
एक-दूजे में डूबी चार आँखें
सदा प्रतीक्षारत!

□

21

शामें

शामों के बहाने अनवरत बनते हैं
भावुक कविता-सी कला होती है उनमें
कभी दफ्तर का जरूरी काम
कभी बड़े पत्रकार से मुलाकात
कभी किसी पुस्तक का लोकार्पण
मेरी पत्नी पहले ही मेरे सामने
रख देती है वैकल्पिक चुनाव
और मैं निर्लज्ज भिखारी-सा
भर लेता हूँ अपनी अतृप्त झोली
खड़ा हो जाता हूँ उसके सामने
दिन डूब जाने सा सच्चा झूठ लेकर कि
कल का दिन इस तरह से नहीं डूबेगा
मैं जिम्मेदारियाँ पूरी करता हूँ आदर्श पति की
प्रेम से उसे पुचकारता हूँ
जैसे पिता पुचकारता है अपने छोटे बच्चे को
और किसी क्रूर बहेलिये-सा फाँस लेता है जाल में
मैं बढ़ जाता हूँ अपनी शाम की ओर
वह डूबती है अपनी शाम में
अथाह दिनों की नदी को पार करती हुई। □

22

देश उठ रहा है ऊपर

अभी कुछ देर पहले ही
राणा साँगा मेरे सपने में आए
बोले—बाबर का बचा-खुचा हिसाब करना है
फिर अंतर्धान हो गए
उनके बाद राणा प्रताप दिखे
बोले—हल्दीघाटी में कुछ छूट गया है
उसे ढूँढ़ लेना बहुत जरूरी है
मैं अकबर की औलादें खोजता हूँ
कुछ देर के बाद राणाजी भी अपने रास्ते चले
फिर शिवाजी ने औरंगजेब का चेहरा दिखाया
बाजीराव ने विजित युद्धों की याद दिलाई
इन सबके साथ झाँसी की रानी, तात्या टोपे,
कुँवर सिंह, पांडेजी, आजाद, भगत सिंह
अशफाक, बिस्मिल जैसे बली भी आते-जाते रहे
यदा-कदा बापू भी बोले, पर
उन्हें ठरकी, भिखमंगा कहकर भगा दिया
बुद्ध भी बुदबुदाकर चले गए

दो–चार ने कहा, बीवी को छोड़कर भागे थे,
बीच–बीच में आदिशंकर, रामानुज, माध्व
तुलसी से लेकर तिरुवल्लुवर तक
न जाने कितने ही संत, साधु–संन्यासी
कवि, दार्शनिक, विचारक आते रहे,
सहसा रामेश्वरम् के तट पर
भयंकर भुजदंडों के साथ श्रीराम
ने धर लिया अपना महाधनुष
वीरों, महासंतों, भगवा जैसे पवित्र
प्रतीकों के देश में मैं सोता रहा शतियों पीछे
आँख खुली तो खबर लिखने बैठा—
लखीमपुर खीरी के एक अस्पताल में
बोरी पर लेटा हुआ है नवजात
माँ के बिस्तर के पास कुत्ता टहल रहा है
अभी टाँग उठाकर पेशाब कर गया
उड़ीसा में पति ने अपने कंधों पर
मीलों ढोई अपनी पत्नी की लाश
माँ को जलाने के लिए बेटी ने खोले
छप्पर पर रस्सियों से बँधे बाँस
गुड़गाँव में लोगों ने जबरन
बंद करा दी मांस की दुकानें
और लहराकर चले गए अपना झंडा
सांसद ने आकाश में दिखाई धरती
खबरों से बाहर निकलकर घर पहुँचा
कार के शीशे खोलकर पीछे हटा

एक बच्चा आकर खड़ा हो गया
बोला, पाँच रुपए दे दो अंकल!
मैं समझा, देश उठ रहा है ऊपर
इतना कि अँट नहीं रहा आँखों में।

□

23

ममता दीदी

दीदी!
मैं जब भी तुम्हें देखता हूँ
मुझे भारतमाता याद आ जाती है
ग्रामवासिनी मिट्टी की प्रतिमा उदासिनी
बिल्कुल पंत के बिंब जैसी
हाय! उदासी को समेटे हुए तुम्हारी सफेद साड़ी पर
कितनी ज्वाला है उसके अंचरे में
देखो न, सुलग रहे हैं बंगाली ताँत के तट
अरे छोड़ो! यह सब अखबारी बातें हैं
बात तुम्हारी सफेद साड़ी की ही होनी चाहिए
तुम्हारी सरल जीवनशैली, ईमानदार चप्पलों की
विश्वभारती स्टाइलवाले झोले की
दो पुरानी चोटियों में गुँथे बंगाल की
तो दीदी, जब भी तुम्हारी मटमैली साड़ी देखता हूँ
सत्यजित राय की पाथेर पांचाली याद आती है
जैसे ठहर गया हो बंगाल
वंदेमातरम् का ओजस्वी पाठ करते हुए
या फिर फँसकर रह गया हो

महालया की सुबह से चंडी पाठ के बाद
षष्ठी से नवमी तक के चारदिनी उपक्रम में
और दसवीं को सभ्यताओं का सिंदूरखेला
माँ, माटी, मानुष तीनों को समेटे तुम्हारी सफेद साड़ी
वैधव्य के दारुण दुःख में बुझती वृंदावनी साँझ-सी
दादियों की भी याद दिला जाती है तुम्हारी साड़ी कई बार
पर उनमें तुम जैसी आग कहाँ थी, दीदी!
तुम तो साक्षात् दंष्ट्राकराल हो
कई तरह के करतबों से चकित करती हुई
साक्षात् सारदा हो, वरद हुईं जो बंगाल की जनता पर।

□

24

देश का मौसम

मेरी आँखों के सामने
और ठीक ऊपर एक संतरा है
छीला जा चुका है जिसका छिलका
और नीचे पड़ा हुआ है एक आम
समय से पहले पका हुआ पीला लँगड़ा
मुरझाया हुआ एकदम पस्त
टोकरी में यहाँ–वहाँ डोल रहा है।

□

25

रिक्शावाला

उतनी बेरंग आँखें पहले नहीं दिखीं
कुछ इस तरह से बेरंग कि
उस जैसा रंग खोजना भी मुश्किल!
इसीलिए वह मेरी आँखों में ही सिमटकर रह गया है
सुबह-शाम फेफड़े से खींचते रहने के लिए
जिगर को गलाकर, जो उसने पाया है।

□

26

पागल

वह सभी ऋतुओं को भोगता है, मुक्त आकाश के नीचे
और पूरा वर्ष बिताता है किसी सामान्य दिन के जैसा—
तपता, भीगता, ठिठुरता, क्या पता आनंदित भी होता हो कभी
वह किसी उलझे हुए घने झुरमुट जैसा है
जिसके भीतर जाने की कोशिश कोई नहीं करता
बस देखता है दूर से, एक अनजान अँदेशे के साथ
वह रोज सुबह बस-स्टॉप पर दिखता है,
कभी लंबा, खुद को बुनता हुआ, कभी उकड़ूँ बैठा लोथड़े-सा
वह भी सुबह से रात तक जागता है हमारी तरह
और रात को सो भी जाता है हमारी ही तरह
पर दिन-दहाड़े नींद में वैसा चलना,
हम में से कोई नहीं जानता
वह दिखता है मुहल्ले के पाँच सौ मीटर की परिधि में
अकसर अपने आप से अनुपस्थित रहता है
और कभी-कभी दे जाता है जोरदार हाजिरी।

□

27

हिजड़े

हर दूसरे दिन वे मिल जाती हैं
ताल देती हुई धरती और आकाश को
सजी-सँवरी किसी दुलहन की तरह
उजड़ी हुई इतिहास जैसी
मैं हँसकर कहता हूँ उनसे
अभी कल ही तो दिए थे आपको पैसे
वे कुछ कहती नहीं
हाथ रखती हैं मेरे सिर पर अधिकार से
मैं सहजता से रख देता हूँ
उनके हाथ दस-बीस रुपए
वे चली जाती हैं ताल देती हुई
मेरे सामने खड़ा मर्द हँसता है
अभी कुछ देर पहले ही
घूर रहा था शिकारी जैसा
जब पास से उसके गुजरी थी
आधी उम्र की एक लड़की।

□

28

दलित

विजय धानुक जाति का था
उसके पिता का नाम था रामचंद्र
दूसरा विजय जात का बामहन था
उसके पिता भी रामचंद्र ही थे
बामहन विजय मानता था कि
रामचंद्र एक ही हो सकते हैं
और दलितों में तो उनका होना आचार सम्मत नहीं
उसने विजय से उसके बाप के नाम का हरजाना माँगा
कभी चौक पर, कभी चौराहे पर, कभी घर के पास
विजय के चेहरे पर चुंगियों की मुहर थी
और आत्मा में जम रही थी एक उदास झील
दिनों से वह उसी झील में डूब रहा था
और एक दिन उसने जलसमाधि ले ली
अपनी जलसमाधि की खबर उसने खुद छोड़ी
जिसे मैं आप तक पहुँचाने का धर्म निभा रहा हूँ
पर न जाने क्यों मुझ जैसे पेशेवर
पत्रकार की रूह के रेशे-रेशे हो रहे हैं
बस इतना ही लिख पा रहा हूँ कि

रामचंद्र नाम इतना संज्ञाग्रस्त और
इतना विशेषणविहीन कैसे हो सकता है
देश आगे बढ़ रहा है बड़ी तेजी से
एकदम उत्सव जैसा माहौल है
जिसमें विजय किसी अकाल का भय है
मुर्दा ठंडक से भरा हुआ एक सन्नाटा
जो सदियों से अस्पृश्यता को ढोते हुए
तमाम ग्रंथों को बाँचते हुए
महापुरुषों को सुनते हुए
बेअसर बहरे की तरह खड़ा है।

□

29

बच्चे

एक बच्चा सोसाइटी के गेट पर खड़ा है
उसे एक हमउम्र बच्चे को लेकर आना है
हमउम्र बच्चों को घर तक
सुरक्षित पहुँचाने की बड़ी जिम्मेदारी
गेट पर खड़े बच्चे की है
तीसरा बच्चा स्कूल से लौटा है दादा के साथ
उसके हाथ में आइसक्रीम है, आँखों में है ऊष्मा
गेट पर खड़े बच्चे के हाथ में उसका मन है
आँखों में है हाथ जेब में घुसा हुआ
गेट पर खड़ा दस साल का छोटा बच्चा बड़ा हो चुका है
चार साल की उम्र में ही उसने ऐंठ डाले चाहतों के कान
बुझा डाली है ज्ञानेंद्रियों की बाती
इन तीन बच्चों के बीच मैं भी हूँ दो बच्चों का बाप
मुझे बचपन में पढ़ी सूक्तियाँ याद आ रही हैं—
सन्तोषं परमं सुखं···
और ध्यान आ रहे हैं पिछले अनगिन दिन
जब मेरा बच्चा अपनी जिद के लिए
चढ़ गया है मेरे सीने पर। □

30

जातिमुक्त देश

मिश्रजी ने अपने दोस्तों की सूची में
शर्मा, झा, शुक्ल, त्रिपाठी को सबसे ऊपर रखा
सिंहजी के सबसे अच्छे दोस्त
या तो सिंह रहे या फिर
सिसोदिया, परमार, चौहान, राजपूत
सिन्हाजी ने जब भी अपने पुराने मित्रों की बात की
अकसर कोई श्रीवास्तव या वर्मा ही निकला
यादवजी को तो बस यादव ही याद रहे
और मंडल···कुमार···पटेल सब यही करते आए
लेकिन ये सभी जातिवाद से मुक्त रहे
जब भी बात की अपनी या देश की
जातिप्रेम को जी भर के देते रहे गालियाँ
इस तरह टूटता रहा जातियों का जाल
और ऊपर उठता रहा देश।

□

31

दोस्त

पहले जब मैं अधिक आकर्षक था
कसे हुए थे मेरे सिर के केश
माथे पर मेंड़ें नहीं खिंची थीं
आँखों में भी उत्साह था ज्यादा
और सहर्ष था मेरा स्वभाव
तब वे मेरी बड़ी तारीफ करते थे
पर तब भी देते हुए मुझे वे
लिये रहते थे डाह की दवा
अब मेरा आकर्षण आरक्षित है,
केशों का वन अब सदाबहार नहीं
गालों की जाती हुई कांति को
घेरे रहता हूँ अधपकी दाढ़ी से
आँखों का रास्ता भी उलझा सा है
अब वे अचानक मिलते हुए प्रफुल्लित होते हैं
कि जैसे मेरा घटाव उन्हें जोड़ देता है
अब वे मेरे जाते हुए यौवन पर
आत्मीयता की आहें भरते हैं
और आँखों में उनका अतिरेक उठता है
वे दोस्त हैं मेरे, साथ उठते-बैठते हैं। □

32

फुटपाथ पर आरामकुरसियाँ

फुटपाथ एक आम बिछौना है
शहर में भरते जा रहे गाँवों का
अकसर डेरा डाल लेते हैं गाँव
लगा लेते हैं आरामकुरसियाँ
आज ही देखी हैं मैंने
कठोर कुरसियों से टेक लेती
ताजी पँखुरियों-सी पीठ
सड़क किनारे धूसर बिस्तर पर
मचलती दो धवल आँखें
धरती और आकाश के अथाह में
तसल्ली से हिलते दो पाँव,
मैं चुप थाह ले रहा था
दस कदम दूर दिख रही चार आँखों का
जिन्हें शाम ढलने से पहले
पुराने पड़ चुके पथरीले पटरों को ध्वस्त कर
नए भारत का फुटपाथ बनाना था।

□

33

चारपाइयाँ

मैं जोड़ लेता हूँ
हाँफती साँसों की टूटी हुई रस्सियाँ
और बुनता हूँ
छोटी-छोटी चारपाइयाँ,
इस उम्मीद में कि
भेजे पर भारी समय से
जब भर आएगा हमारा दिल
और हम बेदम होंगे
तो गली-मुहल्लों, छूटे हुए दालानों पर
थोड़ी चरमराहट होगी

□

34

परमाणु बम

युद्ध की अपनी सीमाओं के बीच
वहाँ जीवन वैसा ही चल रहा था
जैसा कि जीवन में युद्ध चलता रहता है
बच्चे अपने बचपने में थे
और युवा विस्तार कर रहे थे कि
जल्द ही जापान को इस जद्दोजहद से निजात मिल जाए शायद
महिलाएँ सुबह के बाद दोपहर की फिक्र में थीं
और बूढ़ों में से कुछ देख रहे थे अखबार
जहाँ द्वितीय विश्वयुद्ध की रपट छपी थी
जर्मनी के उखड़ चुके पाँवों की छाया
इन सभी क्रियाकलापों, विचारों के बीच ही
आसमान में एक परिंदा मँडराया था
बच्चों ने कौतूहल से उसे देखा
बुजुर्गों ने झाँका संशय के झरोखों से
और युवा पहचान करने में व्यस्त रहे कि
चिड़िया देश की है या पर्यटक पक्षियों में से है कोई एक
बस इससे पहले और इसके बाद
कभी किसी चिड़िया ने इतनी लंबी यात्रा तय नहीं की

न ही समय कभी भी एक क्षण में छिटका सका
आश्चर्य की उतनी आँखें
न धरती ने अपनी गरमी से कभी
उतने हत्यारे बादल पैदा किए
न ज्वालामुखी विस्फोटों के लावे
उतने लाल दिखे कभी, यहाँ तक कि
अमावस की अनंत रातें मिलकर भी
उतना स्याह अँधेरा न कर सकीं
ये सब हुआ घर पर
आश्चर्य आकलन करने जैसा कुछ था नहीं वहाँ
न आदमी की विलक्षण कल्पनाशीलता की कोई जगह थी
न अगस्त के माह में चली अननुभूत प्रचंड लू को समझने का था अवसर
अगर कुछ था तो सिर्फ यह कि
धरती ने मनुष्य को विज्ञ बनाने में जितने वर्ष खर्च किए
और जितने संसाधनों को दिल खोलकर लुटाया
मनुष्य ने उसे एक क्षण में सूद समेत वापस लौटा दिया था।

□

35

झूलन

चुप रातें मन में टूटती रहीं
ऊँघते भजन की उदास आवृत्तियों से
देवता झूलते रहे
आधी खुली रही आशा
आस्था भरी-भरी
रात बीती,
दिन घेरकर खड़ा हुआ
देवता ने किए रखा मौन धारण
धसान के बाद भी
गोपुर उठता रहा, ऊपर
और ऊपर लगातार।

□

36

वृंदावन

प्रेम की आकुल कथा
मुझे घेर लेती है
सत्य ही तुम थे
इन कदंब वृक्षों के पास ही
टीस की एक टेर है
मैं स्तंभित सुनता हूँ,
जो श्रव्य है और नहीं भी
चकित देखता हूँ,
जो दृश्य है और अदृश्य भी
कुछ तो छूटा है यहाँ
इन घिसे हुए घाटों पर
भग्न भवनों के भीतर
नदी के उस पार
बीत चुके समय से छिटककर
हमारे भीतर धँस गया है।

□

37

वृंदावन–2

बंद गलियाँ
जिस प्रांगण में खुलती हैं,
वहाँ गलियों में चक्कर काट रहे
सफेद अँधेरे नहीं मिटते।

□

38

वृंदावन-3

जिन काँपते हाथों से
खुलती है पीली भोर
और साँझ का सुर
थरथराहट में डूब जाता है
उनके ही कातर कीर्तन
शताब्दियों से नहीं सुने जाते।

□

39

देवघर

डूबता दिन
गलियों में फिरती साँझ
भग्न मंदिर में बैठ
करता है कोई कीर्तन
अपरिचय के प्रथम स्वर से ही
मथकर मेरा हृदय
हर ले गया है मुझे अद्यतन।

□

40

लिंगराज मंदिर में तीर्थयात्री

पत्थरों पर उत्कीर्ण महाकाव्य को पढ़ते हुए
उनके पाँव ठहर गए
अंगुलियाँ उन हाथों का स्पर्श करती रहीं
जिन्होंने शिलाओं की संधि से रचा था स्मारक
वे काल में धँसते चले गए, शतियों पीछे
किसी ययाति प्रथम की खोज में
जिसके मन में इस महान् मंदिर का स्वप्न आया था
और जिसने हरि-हर के विलक्षण रूप को
स्थापित कर खुद को घोषित किया था समय का शिल्पी
वे जैसे प्रतिपल पढ़ रहे थे शिलाओं पर लिखी कविता
विमान, गर्भगृह, नटमंदिर, जगमोहन, भोगमंडप
इन सभी कृतियों को देखते हुए दृष्टि गड़ गई थी उनकी
वाल्मीकि, कालिदास, भवभूति और श्रीहर्ष पर
अनुभूतियों का आह्लाद, चट्टानों का चमत्कारिक काव्य
भव्य भवन, मंदिर और प्रासाद से इतर
काल के प्रचंड प्रवाह पर टिका हुआ है लिंगराज
साक्षात् शिव जैसे ही किसी योगी की तरह समाधिस्थ
भस्म और भभूत मलकर खड़ा है अपनी दीप्तिमान देह पर।

□

41

नींद

सोना एक जागना है
चिंत्य का चैतन्य
वर्तमान, भूत और भविष्य में
डोलता एक अनन्य!

□

42

दोस्त लट्टू के लिए

बरसाती नदी का उछाह जब
शरद के संतुलन में धीमा पड़ जाता है
और किनारों पर उग आती हैं
गंधयुक्त चिर-परिचित वनस्पतियाँ
अचानक आनेवाले प्रिय अतिथि की तरह
ऐसे ही दैवीय दिनों में
गूँजा था एक दानवी शोर,
कान के परदे के पार उतरी थी
एक आवाज की चिल्लाती चिड़िया
डूब गया लट्टू!
लकड़ी और लोहे की कील का नहीं
देह और आत्मा का
त्वचा के तंबुओं की तान का
आँखों के मान का
पुरुषार्थ का।
उस जाने हुए घाट पर जम गई थीं
दर्जनों ठिठकी हुई आँखें
और किनारे लोट रही थी उसकी दुहिता
जिसे बाँहों में भरकर कई बार
उसने पस्त कर डाला था उफनती नदी को
जहाँ मँडराया करती थीं उसके सुपुष्ट सीने पर

आलोड़ित लहरों की तितलियाँ।
जहाँ फुफकारती लहरों के फड़कते नथुनों को
नाथ डाला उसने सैकड़ों बार अपने भुजदंड से
आज वही नदी षड्यंत्र कर शांत थी
और बीच धार में डुबुक-डुबुक कर
ऊपर-नीचे कर रहे थे दो-चार पाँव
तलाश रहे थे पानी में, पानी सा मचलता मानुष
तभी मिल गया लट्टू, नदी के तल में अचानक
जैसे कुँए में मिल जाता है बच्चों को सिक्का, एकदम ठंडा
खींचकर लाए उसे नदी किनारे
बिछा गए माटी पर माटी-सा लोथड़ा
आँखें ऊपर, माथा स्थिर, टेढ़ी गरदन
छितराया बदन,
हाथ-पाँव सब अकंपित
लट्टू लुढ़क गया था और
नाच रहे थे सब वहाँ सवालों के साथ
घाट पर कई नदियों के घाट बन गए
धीरे से पीला टीका नदी के पार उतरा
और अँधेरे के समंदर में मिल गईं
कई छोटी-छोटी नदियाँ।
अनायास ही याद आए राम
एक होंठ से उठे तो
द्रिम-द्रिम कर बज उठे कई होंठों पर
सत्य है! सत्य है! सत्य है! सबसे कड़वा
और सबसे मीठा नाम
तब से लट्टू नाच रहा है
उस नदी के घाट पर
तेईस वर्षों से पार उतर रहा
अपनी तितीर्षा से। □

43

निराला के प्रति

जब नहीं सूझते शब्द
भाव हो जाते हैं भोथरे
और अर्थ के अथाह में
डूबने लगता है वाक्य विन्यास
तब अनायास ही तुम दे जाते हो
अपनी भरपूर संपदा से कुछ
नवीकरणीय ऊर्जा
मैं कैसे उरिन हो सकता हूँ तुमसे
कविता जब मेरे लिए
तुकबंदियों का संतुलन भर थी
तब अपनी दो पंक्तियों से समझाया था
तुमने मुझे शब्दों का सौष्ठव
नहीं पढ़ता उन्हें तो
कुछ लिख भी पाता क्या ?
अब जो भी आड़ा-तिरछा मेरा है
वह तुम्हारे ही रेखाचित्रों का लुटा-मिटा रूप है
कितनी ही पाँत सजा ली हैं मैंने
तुम्हारे कुछ ही शब्दों से

एक-आध पंक्तियों से तो भर ही ली है
छोटी-मोटी कविताओं की झोली
और बड़ी कविताओं की तरणी में बैठकर
पा लिया है कवि होने का तमगा।

□

44

गौरैया

जमाने बाद
आज गौरैया दिखी
आश्चर्य है
हम सुन न सके
चंचलता का यों फुर्र हो जाना,
हमारे घर-आँगनों में
उनकी उपस्थिति वैसी ही थी, जैसी
धूप-हवा, पेड़-पौधों की होती है
जीवन की प्राकृतिक ध्वनियों में
हम उनकी सहजता भी सुनते थे
हमारा चलना और फुदकना उनका
निश्चय ही परस्पर था
एक दिन हम चलते हुए बहुत दूर चले आए,
वहाँ उनकी उपस्थिति पाक्षिक हो गई
फिर धीरे-धीरे मासिक
और एक दिन वे अदृश्य हो गईं
जैसे हमारे जीवन से गायब हो गई हैं
बहुत सारी गैरजरूरी, छोटी-छोटी चीजें।

□

45

पूर्णिमा

एक वृत्त है
आकाश में पूर्णिमा का
अमावस की त्रिज्या
खिंच रही है धीरे-धीरे
मैं हैरान हूँ,
संशय के इस ज्यामितीय समीकरण पर
आत्मा के सूत्र से
जिसका सिद्ध होना शेष है।

□

46

रूप

बहुत प्रिय होते हैं रूपवाले
आँकने से पहले ही
अंकित हो जाती है एक छवि और
अनिवार्यतः अप्रिय होते हैं अपरूप
बोध यह सौंदर्य का नहीं
न ही ज्ञान इन्द्रियों का है
आचरण है आत्मा का
साँस लेता है जहाँ
हमारे मिथकों का संसार।
वहाँ सदा चलती रहती है
रूप-गुण की चित्रकथा
वहीं से तैयार होती है हमारी नजर
जो निरंतर खोजती है
त्वचा के उजास
वहाँ उतर जाते हैं भीतर तक
धारदार चेहरे
और चुभते हैं चपटे विन्यास।

□

47

हरसिंगार

खिलना हरसिंगार का
झर जाना है
किसी का दुःख
सुख है किसी और का
वहाँ खिलना, यहाँ बंद होना है
यहाँ बंद होना
एक नए संसार का खुलना है
दोनों में सूक्ष्म साहचर्य है
उतना ही जितना कि
मात्राओं के भेद से
अर्थ बदल जाने के बाद भी
शब्दों में रह जाता है।

□

48

कस्बे की साँवली लड़की

खुले बालों में ठठाकर हँसनेवाली
सिनेमाई हीरोइनों जैसी वह नहीं दिखती
न ही कैंटीन में लड़कों के कान मरोड़ती
मजाक करती हुई नजर आती है
जैसी नजर आती हैं बिंदास बालाएँ
सिगरेट के साथ गुलामी के मुँह पर
धुआँ मारते भी उसे नहीं देखा मैंने
साँवली है, काली कहने जाने के करीब
कपड़ों में कसबाई उदासी का रंग है
दिल्ली में त्रिलोकपुरी-सी दिखती है
बालों में चोटी करती है पुरानीवाली
अकेली गुमसुम बैठे देखा है मैंने उसे
पुराने दौर का धुँधला-सा अँधेरा समेटे
पर तलाश का एक तट दिखता है वहाँ
जहाँ अकसर खामोश खड़ी होती है वो
भुलावे के गीत सुनानेवाले
किसी नाविक की प्रतीक्षा में।

□

49

डायन

पुरानी खिड़की के पास बैठी
बूढ़ी दादी–सी दिखती थी वो
आँखों में पीली दोपहर लिये
ताकती रहती थी रास्ते पर
बच्चे उससे नजरें चुराते थे
उन्हें नजरें चुराने का निर्देश था
कहा गया था कि बूढ़ी से आँखें न मिलाना
जो मिल गई आँखें तो मार देगी डंक
किसी बिच्छू की तरह,
पर मैं उससे नजरें मिलाता था
लोक में प्रचलित बातों की हवा से
कई बार सिहर भी जाता था उसे देखकर
जब वह बेधती थी अपनी आँखों से
भरपूर घूरती थी मुझे एक अबूझ घेरे में लेकर।
घूरना उसकी आदत थी,
और उसे मुझे घूरते हुए देखना मेरा स्वभाव था
दोनों ही आँखों में सहमति की जड़–जटिलता थी
उस रास्ते पर आते–जाते हुए

वह मुझे तकरीबन हर रोज घूरती रही
मैं हर रोज उसे देखता रहा
अपने रास्ते पर चलते हुए
किसी दिनचर्या की तरह,
रास्ता अपनी जगह रहा
बूढ़ी समय के साथ बीत गई
मैं चलता रहा, जलता-बुझता रहा
दशकों तक डसते इस सवाल के साथ कि
डायन ने मुझे क्यों नहीं डंक मारा?
सुना है, डायन सुंदर बच्चों को पहले खाती है।

□

50

पाठशाला

पाठ सीखने के लिए सबसे अच्छी जगह
गाँव की पाठशाला ही थी
बोरी-दरी, चट्टी से चिपककर
हमने वहीं सीखा माटी से जुड़ना
चढ़ते-उतरते स्वरों में रटकर पहाड़े
गाया समवेत का पहला गाना,
तपती दुपहरी में ऊँघती आँखों और
हिलते ताड़ की लय-ताल से
जानी गुरुजी की महिमा
बापू की मुसकराती तसवीर के नीचे ही
बजते दुखहरन ने बतलाई अहिंसा की लघिमा
हम बस्ता, लाठी-सोंटा सँभाले रहे
चटाख-चटाख करती रहीं हमारी चप्पलें।
पर धूल भरी किचमिचाती आँखों में
झिलमिलाती रही सरल सपनों की अरुणिमा
हम पढ़े कम, खूब लड़े, कुछ टूटे, ज्यादा जुड़े,
बहुत कुछ भूले, पर यह याद रखे कि
देहात में ही दमकती है भारत की पूर्णिमा।

□

51

दुराग्रह

लबालब भरे हम
छलकते रहे हैं दूसरों के सामने
अजीब है यह छलकना
और अजीबतर यह है कि
डूब की उन कथाओं में
हम नहीं धँसते
छलकते तक नहीं
जहाँ सूख जाता है
भरा-पूरा संसार।

□

52

हरिद्वार पहली यात्रा
(तब मैं दो वर्ष का था)

एक नदी बहती है
चेतना की खोह में
एक चित्र बोलता है
भुलावे के शोर में,
मेरी पुतलियों के पार
अब तक कैसे
नीला पानी डोलता है
सलिला कैसे स्थिर है
चित्र कैसे चलता है ?

□

53

वसंत

छू रही है क्षिति
सरस है जल
पावक भी अप्रिय नहीं
गगन आग उगलता
या शीत बरसाता
कोई गूढ़ अनंत नहीं
समीर सम है शरीर के
धारण करती है धरती
सहजता से ॠतु की जिस देह को
वह वसंत नहीं तो और क्या है!

□

54

वसंत-2

सूखे पत्तों के गिरने और
नई कोपलों के फूटने के बीच है
अनुत्तरित
डालियों का रह-रह काँप उठना
याद कर वसंत को।

□

55

वसंत-3

आज धूप नहाकर निकली है
खिल उठे हैं उसके अंग-अंग
फैला दिए हैं उसने हाथ-पाँव
छाँव यहाँ-वहाँ छिटकी पड़ी है
उसके चमकीले बदन पर
मैं सुन रहा हूँ उसे देर से
खिलखिलाती नन्हीं बच्ची-सी
सेंक रहा हूँ, जैसे दादी के तपे हाथ
देख रहा हूँ सब ओर व्याप्त
स्पृश्य पीली-पीली सलिला
चहक रही है धूप लगातार
जैसे चहकती है कोई चिड़िया
छिटक गई है अपार आभा लिये
होड़ लेती हुई अनंत नील विस्तार से।

□

56

दिन

उतर गया है कोहरे का कलफ
सिमट गई है सर्द हवा दरख्तों के द्वार
धुल चुका है सुबह-शाम का स्वेटर
टँगा है दुशाला दिन का
क्षितिज की खूँटी पर
सीना ठोंककर निकला है सूरज
देह झाड़कर खड़ा हो गया है दिन।

□

57

शरद

इन्ही दिनों हर साल
आकाश के अनबूझे रास्तों से
दिशाएँ लौटने लगती हैं मेरे द्वार
हवाएँ दुलारने लगती हैं
देह के दालान को
सूरज न जाने क्यों
बड़ा संस्कारी-सा हो जाता है
और बादल होने लगते हैं विलीन
नहाए-धोए अनंत नील में
इस मौसम के कपड़े पहनकर
जब मैं फिरता हूँ
तो अचानक उग आती हैं
दशकों पुरानी सुबहें
सजने लगती है फूलों की साजी
झरने लगते हैं हरसिंगार
विचित्र-सा शारदेय सुखद व्यवहार!

□

58

सहोदर ऋतुएँ

सर्दी को विदा करते हुए
बसंत के लिए जब हम खोल लेते हैं बाँहें
तब कुछ-कुछ शरद-सा भी लगता है
कि बसंत और शरद सहोदर ऋतुएँ हों,
दोनों की सुबह-दोपहर और शामें मिलती हैं
एक आती हुई सर्दी में समा जाती है
दूसरी जाती हुई सर्दी से पैदा होती है
बसंत की सुबहों में सर्दी की छाया रहती है
और शरद में ठक-ठक होती है ठंड की
दोपहर दोनों की बुद्धत्व को धारण किए रहती है
मध्यम मार्ग अपनाकर चलती हुई सी
शामों का फिर सुबह सा ही संस्कार हो जाता है
ठीक वैसा ही जैसा बुढ़ापे में अकसर
हो जाया करता है बचपना।

□

59

कश्मीर में बसंत

झर गया है पीला बसंत
आतिश की तरह
पाँव तले बिस्तर है
सुलगते चिनार का
दरख्त के पत्तों से
पिघल रहा है बसंत
झरोखों से झाँकता है
पथराए पुल पर बैठा है
बसंत का सिर फूटा है
बंदूकी बातें बोलता है
सहमा हुआ है बसंत
ठंडे नालों में ठिठुर गया है
बह गया है बसंत
लाल झेलम की लहरों पर
सो गया है बसंत
ख्वाबों में डरकर
अजान से जागता है,

भटकता है मंत्रविहीन मंदिरों के पास
रहता है ईश्वर के घर में
और ढूँढ़ता है आदमी का आँगन।

□

60

कश्मीरी पंडित

आज जब एक कातिल टी.वी. पर
पूरी ठंडक के साथ यह कहते हुए सुना गया कि
उसने कश्मीरी पंडितों को चुन-चुनकर मारा था
निशाना लगाकर कभी दिल में छेद किया तो
कभी दिमाग के पार कर दी गोली
तब कुछ पंडित पुराने एल्बम लिये हमारे पास आए
टीसती स्मृतियों की टाँकी हुई तसवीरें लेकर
जिसमें दिखा कि जमीन के जन्नत पर
एक छोटी-सी जगह उनके नाम भी थी
सात रंगों को सँभाले एक आसमान था
छह ऋतुओं को थामे हुई थीं दिशाएँ
सदियों के स्पर्श से परिचित पुरानी हवाएँ थीं
और आत्मा तक उतरी धूप की छत थी
यहाँ-वहाँ बेफिक्री से बसे कुछ घर थे, और
कुछ बैठे हुए आपस में बतियाते बरामदे
मूर्तियों के साथ सुस्ताए हुए कुछ मंदिर
कुछ चहचहाती आवाजों के चिह्न
कुछ मुसकराते चेहरों की गुम हो चुकी चाल

वे कहने लगे कि उन्हें उनके हिस्से की
धरती–आसमाँ, धूप–हवा और
इतिहास का बीता हुआ हिस्सा वापस चाहिए,
घरों के वे बीते हुए बरसों पुराने बासी दिन
और मंदिरों में प्रार्थना की प्रतिष्ठा भी
बाजार में फिर सकने वाले बेलौस पाँव
और झील में पानी को छूती छोटी–छोटी उँगलियाँ
सुबह–शामों का अनजाना–अनबूझा पैरहन
और गर दे सकते हो, अगर कहीं से ला सकते हो
तो उस इनसाफ के बच्चे को भी ले आना बुलाकर
जो अपनी ही पसंद के अड्डों पर अटका रहता है
जबकि उसे कश्मीर की खूबसूरती बड़ी भाती है
पर वहाँ जाकर उसे रहना अच्छा ही नहीं लगता।

□

61

चुनाव में नेता

मंच सज गया था—
प्रतीक्षारत थे कुछ समर्थक।
कुछ बच्चे आँखें मीचे खड़े थे
किसान बैठे थे उकड़ूँ।
महिलाएँ घूँघट ओढ़े तैयार थीं
युवा छतों, दीवार पर थे तैनात
पूरब से धूल उड़ी बड़ी मोटी
ढकती चली गई सजीली कारों को
नहा उठीं वे गँवई संस्कार से
मुँहबोली बहन बनाकर मुसकाराहट को
नेताजी निकले बाहर, हाथ जोड़े
जिंदाबाद से गूँजा आसमान
माइक जोर-जोर से मुँह फाड़ने लगा
तालियों की गाँव में तड़तड़ हुई
गले में माला पड़ी, फिर जिंदाबाद हुआ
माइक उठाकर नेताजी नम्र हुए
भर्राए गले से बोले, पिछली बार
आपने आशीष दिया था इक्यावन हजार का

इस बार लीड बढ़ा दीजिए कृपया
मैं हमेशा की तरह लीद करता रहूँगा
विकास तो खूब हुआ है आपके यहाँ
दिखता है विकास आपकी आँखों में—
बिजली, पानी, सड़क...बीमा...सब दिया
दिल्लीवालों से लड़कर इतना किया
अब आपकी बारी है करने की
बड़े दिनों से चाहत थी आपसे मिलने की
तीन साल पहले इधर आया था
काम में ऐसा उलझा कि समय बीत गया
पर आप मन में याद आते रहे
यह मेरा बेटा है, इसे भी जीत का दीजिए आशीष
अच्छा है मुलाकात हुई, मन मिल गया
भीड़ में से आवाज उठी—जिंदाबाद...
नेताजी जिंदाबाद, बेटाजी जिंदाबाद!
हमारा वोट आपके ही नाम नेताजी
बेटाजी के सिर पर भी किसानों ने हाथ फेरे
भाग्यविधाताओं का वंशानुगत विकास तय हुआ
तभी घूँघट ओढ़े कुछ महिलाएँ आईं
पूछा, पिछला वादा कहाँ पीछे छूटा
नेताजी बोले, इस खेप में उन्हें लाना है,
वोट दीजिएगा, मैं वादे को लाद लाऊँगा
महिलाएँ मुँह ताकती रह गईं,
किसानों ने लाठी ठोढ़ी से लगाई
जवानों ने पिछवाड़ा खुजलाया
फिर मंच से शोर उठा—जिंदाबाद!

मंच खाली हुआ, गाड़ी में बैठ गए नेता
गाड़ी चली, गाँव रह गया वहीं
जहाँ पिछले चुनाव में था—
अपनी चुनी हुई चोट सहलाता हुआ
गाड़ियों के पीछे बच्चे दौड़ते रहे देर तक।

□

62

अंगुलिमाल

जब तुम ठहर गए
कोसल के भयावह वन में
तब पलटकर देखा था तुमने
तुम्हें निश्चय ही
याद न रही होगी जन्म की वह रात
जब प्रसेनजित् के प्रासाद में चमके थे
आशंका के शस्त्र,
पर तुम्हें यह तो ध्यान होगा कि
तुम्हारी आयु के साथ ही बड़ी होती गई थी
पूर्वग्रहों की दृष्टि,
तुम मारे गए चरमसीमा तक
हजार मरण के बाद
(अहिंसक) मुखर हुए तुम
और कोसल मौन हो गया
एक प्रश्न का उत्तर दोगे,
कैसी थी वह करुण ज्योत्स्ना
जिसके एक बिंदु से

चमक उठा था तुम्हारी आत्मा का अंधायुग
अंगुलिमाल! तुमसे क्या कह गए तथागत
कि क्षणभर में ही तुम छूट गए
अपनी ही व्याप्ति से।

□

63

पंडित भीमसेन जोशी

बचपन में तुम भाग जाया करते थे वाद्यमंडलियों के पीछे
उन्हें सुनते हुए सम्मोहित, जैसे भागे चले जाते थे
किसी बाँसुरी वादक के पीछे बच्चे,
भागकर मीलों चलते हुए
बेसुध पड़ जाना कहीं किसी पेड़ की छाँव तले
एक तरह की संगीत शिक्षा ही थी
कि जैसे श्रुति-विदग्ध हृदय का महानिभिनिष्क्रमण
जो परिव्राजक बन निरंतर भटकने और
घाट-घाट का पानी पीने के बाद
परिवर्तित होती गई भीमसेनी काया में
अचरज होता है तुम्हें सुनते हुए
एक साथ कैसे कर लेते हो यह सब
तान के तट पर विलंबित तारतम्य के साथ
स्वरों की शुद्धि में देर तक स्नान करते हो
जब लेते हो आलाप तो दूसरे तट पर गाती है
अब्दुल करीम खान की आत्मा
साथ बोलती हैं ग्वालियर की चित्रमय बोलियाँ
अनायास ही दिख जाती है आगरा की लयबद्ध भव्यता

जयपुर के कंठ की पूर्ण मुक्ति में गढ़ी कलाकारी
ईश्वरीय है तुम्हारी आवाज,
पीड़ा और परमानंद के भिन्न धरातलों के भाव खोलती
तोड़ी और कल्याण को विविध रंगों में उतारती
भूप और अभोगी का समान निर्वहन करती
बड़े-छोटे रागों के दोनों कगारों को बाँधती
गायन को उठाने में कुछ त्याग देती
कई बार निष्ठुर होकर माधुर्य से मुँह मोड़ती
स्वरों को चमकीले और कोमल रंगों से भरती
कमाल है तुम्हारी सूक्ष्म तानों की पकड़
आलाप, बढ़त, बंदिश का नियंत्रण समानुपातित
गहराई में समुद्र की तरह विशाल, और
भावगीत, ठुमरी, अभंग-भजन में सरलता से सुवासित।

□

64

किशोरी अमोनकर के लिए

नवरात्र की अष्टमी को
सात सुरों की साधना पूरी कर
तुमने आठवाँ पग अनंत में धरा
और चली गईं हमें छोड़कर
अपने सहेला के पास
मिलकर जिसके साथ
तुम सजाना चाहती थीं
सप्त सुरों की बेल।
तुम्हें तुम्हारे प्रिय
मनमोहन ने बुलावा भेजा था,
जिसकी प्रतीक्षा में तुम
मीरा का कंठ बनीं
जब भी सुना तुम्हें
मीरा भजन गाते हुए
उनके शब्दों में तुम्हारे सुरों की
लाल साड़ी लहराती रही,
खयाल, अभोगी ठुमरी–भजन
सब में मीरा ही गाती रहीं

गाते–गाते तुम्हारा तरल कंठ
जब उम्र के रेगिस्तान में
सुरों की सरस्वती से सूखने लगा
तब मनमोहन विह्वल हुए
तुम्हें चिरयुवा रखने के लिए
बुला लिया अपने पास,
मैं साफ देख रहा हूँ
द्वारकाजी के मंदिर में
साड़ी का एक सिरा
मुँह में दबाए हुए
कृष्ण को हँसते हुए।

□

65

सन्नाटे

शब्द सुंदर हैं तभी तक
जब तक सन्नाटे हैं
शब्द प्रिय हैं,
कि चुप्पियाँ भी
साथ चलती आई हैं,
शब्द की सत्ता
और मौन की निजता
अब परस्पर नहीं
शब्द अब शोर है
और मौन का शून्य
खाली रह गया है,
समय वाचाल है
युग अपने कान बंद कर रहा है।

□

66

धूप

धूप देह को ही नहीं
मन को भी चाहिए
कि घिर सकें स्नेह के बादल
बरसें अपने ही मन के गेह पर
और भीग जाए कोई अपरिचित।
धूप नजर को भी चाहिए
कि बहती रहें अपरिमित
करुणा की पीली ऊर्मियाँ
धूप बस ताप का प्रसार नहीं
ताप का निस्तार भी है।
मेघ के विस्तार से
मेरा मन कुलबुलाता है,
बड़े से काले महल में मुझे
पीली एक खिड़की भी चाहिए।

□

67

भिखारी

वह कभी नाटक है
कभी नफरत
कभी गुस्सा
कभी साजिश
भूल से तरस भी
और सहानुभूति तो अपवाद है।
उसके परिचय में संज्ञा सबसे कमजोर है
मजबूत है विशेषण
जिसने हमेशा उसकी आँखों को
मान के पानी से खाली रखा है।

□

68

श्रीनिवास रामानुजन के लिए

जब तुम्हारे सहपाठी
अंकों के आवागमन में
दिमाग के विश्राम का द्वार टटोलते थे
तब तुम शून्य से शून्य तक की
यात्रा कर रहे थे!
तुम अनंत में पहले उतर आए
वहाँ से अंत के सभी छोरों को
कितनी सहजता से छू लिया तुमने,
संख्याएँ तुम्हारी सहचरी बनीं
दुकान पर हिसाब में जुड़नेवाली नहीं
अनादि से अब तक
गणितज्ञों के गूढ़ ब्रह्मांड में उड़नेवाली
अगणित तारिकाओं की तरह टिमकनेवाली
तुमने अंकों की अनंताध्यायी रचीं
जैसे एकल अंकों का वर्ण-विचार
उनकी संधियों और सामासिकता का स्वरूप
उनकी संज्ञा, विशेषण और सर्वनाम
काल के सतत प्रवाह में उनकी नई पहचान

संख्याओं का शाब्दिक संसार
और उनका विचित्र विन्यास भी
यह सब तुमने कहाँ से सीखा?
तुम्हारी चमकती आँखों के पीछे
क्या उसी देवी का सरोवर था
जो अकसर तुम्हारे स्वप्न में आती रहीं
और खुद ही तोड़कर तुम्हें सौंपती रहीं
सूत्रों के शतदल!

□

69

चंद्रशेखर आजाद के प्रति

अल्फ्रेड पार्क में निश्चय ही
दृढतर हुए थे तुम्हारे दृढ हाथ
जब तुमने अपने तमंचे में भरा था
आत्मा की भट्ठी में पिघलाया हुआ अंतिम लोहा।
काँपा था समय कि
लोहे की पहचान में
पुरुष से बड़ी होनेवाली थी
पदार्थ की भूमिका,
और आनेवाले युगों में
मूँछें ही देनेवाली थीं तुम्हारा पहला परिचय।
हमारी चेतना में अब तक घनी हैं
तुम्हारी ताव लेती मूँछें
हमने पढ़ा और सुना कि
तुम्हारी मूँछों से ढीली पड़ जाती थीं
कभी न अस्त होनेवाले
साम्राज्य के सिपहसालारों की मुट्ठियाँ।
पर यह मालूम न था कि
इतिहास की दृष्टि भी

तुम्हारी मूँछों पर ही अटकी रह जाएगी
दो इंच ऊपर, तुम्हारी सांद्र आँखों तक न जा सकेगी
मैं पढ़ता हूँ, तुम्हारी तपी आँखों में
आजाद होने के अर्थ।
ताव लेती मूँछों से कहीं तेज थीं तुम्हारी आँखें
जो भरी होकर भी खाली थीं
संघात में डोलते हुए सागर से
और न वहाँ बस विद्रोह ही था
उस चमकते कोड़े का,
जिसकी हर चोट दे गई थी तुम्हें
बाहर कर दिए जाने की पहली पीड़ा।
मैं चकित हूँ, कैसे
झाबुआ के अंध देहात में
तुमने भर ली थी
अपनी उनींदी आँखों में मुक्ति की पूर्णिमा।
सच है! सभ्यताओं के विकट युद्ध में
तुमने बोली हथियारों की चुनी
पर भाषा के निर्माण में
प्रयोग उतना ही करना चाहा
जितना आँखों में आँखें डालकर
बात कहने के लिए जरूरी था।
मैं क्षुब्ध हूँ
इतिहास तुम्हें देशभक्त तो कहता है,
पर लोहा तमंचा और मूँछों का ही मानता है।

□

70

सरबजीत

पार होने के बाद ही
उसे पता चला कि
एक सी धरती और आकाश के बीच
रहनेवालों को अलग करती
महीन रेखा में अलगाव की कितनी आग है।
उसे सतीत्व की रक्षा के लिए
किसी बेकल मन के विवश हाथों ने नहीं
अंधी अँगीठी में तपी आत्माओं ने खींचा है,
इसीलिए वह सुलग रही है
'स्तान' के पीछे
दो-तीन अक्षरों के अंतर से
इतिहास में बड़ा अंतर आ गया है
बदल दिए गए उस इतिहास के वर्तमान में
वह मरता रहा वर्षों।
एक दिन अचानक
बरसों मरने के बाद
उसे अंतिम बार मारा गया
और ऐसा तब हुआ, जब

पुराने भूगोल के नए देश से
पुराने भूगोल के पुराने देश में
उसे भेजने की बात चल रही थी,
अजब है सीमाओं का अनंत रेगिस्तान
जहाँ उस पार से आती हर चाप में
सुनाई देता है षड्यंत्र
और अनसुना रह जाता है
आँखों के तट पर हिलोर लेता सालों का शोर।

□

71

सरलता

सरल होने के दो सिद्धांत हैं
एक, सरल होते हुए सरल होना
दूसरा, जटिल होते हुए सरल बन जाना।
पहली वाली सरलता में
बुने हुए कपड़े नहीं पहने जाते
आचरण आत्मा के पारदर्शी होता है,
दूसरी वाली सरलता
बुद्धि से व्यवहार बनाकर
आदमी को अलग-अलग बुनती है,
दोनों कला हैं
एक जन्म से सधे हुए मन की
दूसरी, बुद्धि के व्यावहारिक जन्म की।

□

72

शहीद-2

शहीद ऐसे होते हैं हमारे देश में
जैसे हो जाया करते हैं बच्चों के संस्कार—
नामकरण, अन्नप्राशन, उपनयन।
एक-दो मारे गए तो
नामकरण हो जाता है कहीं चुपके से
शहादत शांति से गुजर जाती है
दो-चार मरतबा तुरही बजाकर
और सलामी ठोककर
पाँच मर गए तो फिर खबरों का पंचनामा होता है
चैनलों को मिलता है खबरों का दाना-पानी
संवेदना के सबसे सड़े मसालों के साथ
पकाई जाती है शहीदी बिरयानी
जिसे चखते हैं संपादक
और फिर खाता है हमारा खबरिया देश,
समझिए, शहीद बच्चे का अन्नप्राशन ही हो जाता है
और गर आधा दर्जन से ज्यादा हो गए शहीद।
फिर तो घाटी से दिल्ली तक बड़े-बड़े कार्यक्रम होते हैं
उपनयन संस्कार सरीखा

जिसमें जनेऊ पकड़कर खाई जाती हैं कसमें
आज बड़ी घटना हुई है,
इसलिए कस लो अपने-अपने जनेऊ, गंडा, ताबीज
देखो शक्ति से लहराती अपनी आँखें खोलकर
श्रद्धांजलियों का ये संस्कार,
जिसमें आएँगे तिरंगे में लिपटे बक्से
बोल उठेंगे बूट, गरजेंगी जुबान
झट-झट गिरेंगे और उठेंगे हाथ-पाँव
माथों पर बारी-बारी से बैठेंगी
सम्मान की आधी हथेलियाँ
फिर पत्रकार दौड़ेगा दूर-दराज का गाँव
ठूस देगा शहीद के बाप के मुँह में माइक
बाप बोलेगा, हमने बेटा देश को दिया
विधवा टी.वी. पर विलाप करेगी
बकलोल बेटा देखेगा तमाशा
हम भावुकता से भर-भर लिखेंगे खबर
कोसेंगे अपने दुश्मनों को जी भर।

□

73

शहीद की नेत्रहीन विधवा

वह उसे रोमछिद्रों से देखा करती थी
वहाँ दृष्टि एकाग्र, एकनिष्ठ होती है
कुछ वर्षों के अनन्य संबंध में
कुछ महीने वह उसे
ऐसे ही देखा और छुआ करती,
फिर एक दिन अचानक
वह खामोशी से चला गया और
पत्थर पर अपना नाम छोड़ गया
कराहते पहाड़ों के पास दर्द की घाटी में
आज उसकी उँगलियाँ फिर रही हैं
और वह पत्थर हुई जा रही है।

□

74

शहादत

सिगरेट से दागी उसकी देह
खंजर छपी पसलियाँ
कटा हुआ लिंग
धड़ से अलग गरदन
सब यहीं कहीं झाड़ियों में हैं
मिल जाएँगे उसके जिस्म के टुकड़े
या फिर हम अपील करेंगे
अंतरराष्ट्रीय अदालत में कि
लौटा दे पाकिस्तान हमें
हमारे हिस्से का शरीर
खैर, हमें जो भी मिलेगा
उनसे खड़ी कर लेंगे
जिस्म की इमारत
लपेटकर तिरंगे में बचा लेंगे उसकी इज्जत
और बजाकर तुरही
पटककर बूट कर देंगे विदा
यही तो शहादत है!
इतना संस्कारी शब्द!

अहा! वीरभोग्या वसुंधरा
भारी इतना है ये शब्द कि उठाते हुए
पीढ़ियों का पानी सूख गया है
और कछार में उभर आई हैं कुछ लाशें
किसी कोने में सो रहा सौरभ कालिया
पास ही हेमराज और सुधाकर भी हैं
यहीं कहीं है मंदीप सिंह
कटे-फटे अंगों के साथ
हमसे अविभाज्य हो गया है।

□

75

सीवान

ग्यारह साल से हर रोज मरते हुए
जीने की कोशिश में उस रोज भी
जीने का अभ्यास ही कर रहे थे चंदा बाबू कि
अचानक कानों में तेजाबी खबर पड़ी,
छूट गया है उनके बेटों का कातिल
रिसकर कानों से कंठ तक आ पहुँचा तेजाब
भीतर अपनी लपटों से जलाने लगा अँतड़ियाँ
धमनियाँ धधकने लगीं
हृदय पर फिरने लगी वही गरम हवा
धीरे-धीरे सो चुका सीवान सिहर उठा
दरवाजों से घर में दाखिल हो गई
वही उन्मादी भीड़, जिनके हाथों में
लहरा रहे थे तेजाबी कनस्तर
धर लिया था जिन्होंने
उनके बेटों को किसी मेमने की तरह
और नहला रहे थे वो उन्हें
उस जहर से बूँद···बूँद···गहर-गहर
कानों को पीसती वो पुकार!

हताश, बेसहारा, बेबस···दम तोड़ती गुहार
आज फिर से लौट आया था
ताबड़तोड़···लहराती गाड़ियों से
भाँय-भाँय···करती कारों की किकियाती आवाजें
हाँय हाँय करते वे बेसुरे हूटर
चंदा बाबू चित हुए, बंद कर दी खबर
गिरने लगा धीरे-धीरे सीवान का शटर
नेताजी के लौट आने से नींद सी आने लगी थी
सोने लगा था फिर से सुकून में एक शहर!

□

76

नए ग्रह

असीम ब्रह्मांड की अनबूझी रिक्तियों में
लटके हुए हैं सात नए ग्रह
जो अब तक भटके हुए थे हमारी नजरों से
सुना है, एक क्षुद्र तारे की परिक्रमा करते
सभी ग्रह समान हैं स्वभाव में
कहते हैं वैज्ञानिक, शायद पृथ्वी जैसे ही हों
सतह पथरीली है उनकी और समुद्र भी है संभावित
क्या पता, जीवन पनपा हो वहाँ भी
क्या वहाँ भी धरती जैसे ही जीव होंगे?
उन ग्रहों तक पहुँचने में अभी बहुत ग्रह हैं
चालीस प्रकाशवर्ष की दूरी तय करते हुए
धरती तो बूढ़ी होकर मर जाएगी
सुना है, समुद्र का सिर लगातार हो रहा है ऊँचा
वह ताकनेवाला है उत्तुंग अट्टालिकाओं के ऊपर
क्या करेंगे वैज्ञानिक, वहाँ पहुँचना तो नामुमकिन है
पर यदि वे देख सकें किसी अनोखी दूरबीन से
कि उस ग्रह का कौन है स्वामी
क्या वहाँ भी मसीहाओं के वंशज हैं

एक जैसे हाथ–पैरवाले, अनंत आत्माओं में खंडित
क्या वहाँ भी पनपाई गई हैं उद्दंड महत्त्वाकांक्षाएँ,
क्या वहाँ भी रक्त बहानेवाले अजनबी आदमी हैं
गर देख सकें वहाँ तक और पता कर सकें यह सब
तो शायद हमारी आँखों के ठीक सामने मँडराते
ग्रहों को भी काट सकें हम सभी
शायद कर सकें इस समास का विग्रह
जो सबसे जटिल प्रश्न बनकर हमारे सामने है

□

77

अनगढ़

मेरे मन की उपस्थिति के शब्द
जब अक्षरों के क्रममात्र बनकर रह जाएँ,
तब तुम उन्हें उस क्षण के भविष्यत् में पढ़कर वाक्य बना देना
जब वाक्य में कुछ शब्द अस्पष्ट रह जाएँ
तब शब्दों को वाक्य के संदर्भ में उभार देना
मैं अक्षर, शब्द और वाक्य के बीच
अपना विलुप्त विन्यास खोज रहा
जो हमेशा अनगढ़-सा रहा।

□

78

नेपाल

बस आने ही वाली थी दोपहर
क्षितिज की पगडंडियों पर
दिख रहे थे दो पाँव
समय ने साजिश की
धमककर आ गई रात
घिर-घिरकर घर-आँगन, छत
दीवार, सड़क, मीनार और मंदिर
नींद में गिरते गए
पीढ़ियाँ पड़ती गईं
जागनेवाले, जगानेवाले
साथ-साथ सोते गए
जिन्हें इस नींद ने नहीं घेरा
वे न सो पाने का अफसोस करते रहे।

□

79

नेपाल-2

कमरे में जमे बिस्तर पर
मेरी देह थरथराकर उठ जाती है
आँखें देखती हैं, तसल्ली करती हैं
ठहरी हुई छत और दीवारों से
भरोसा तब भी नहीं होता
फिर टँगे हुए पंखों को देखता हूँ
कि धरती के धर्म की तरह
वो सिर्फ घूम रहे हैं या
काँपने का अधर्म भी कर रहे ?
तभी अचानक दिखने लगते हैं
बरगद की शाखों से फड़फड़ाकर उड़ते
सैकड़ों व्याकुल पक्षी
आसमान में उठने लगता है
गिरती हुई इमारतों का गुबार
पस्त होने लगते हैं
काँपते मंदिरों के पैगोडे,
पत्थर के पहाड़
इन सबको घेरे रहती है

एक हिंसक पशु की अबूझ दहाड़
धीरे-धीरे औंधे पड़े मकानों के नीचे से
झाँकने लगते हैं
पत्थर के जबड़ों में दबोचे गए पाँव
आँगन में आधे पड़े ठाँव
मलबों के आगे उकड़ूँ बैठे लोग
मुँह में उनके ठूँसकर माइक
पूछता है पत्रकार
बताओ अपने दु:ख का अंकगणित!

□

80

केदार

आकुल अलकनंदा
टलमल देहयष्टि
काँपी दृष्टि
छाया मौन
थिर अंजुलि
प्रार्थना विसर्जित
सब तिरोहित
सब गौण!

□

81

ब्यास में बहनेवाले बच्चों के लिए

शिलाएँ शांत थीं
और समय था विचलित
आदि और अनंत के बीच
उस क्षण पर
जिसने दरवाजों के पीछे
ठाठें मारती ब्यास के साथ
बहने की जता दी थी सहमति।

□

82

सुबह

अधखुली थीं पत्तों की पलकें
और पथराए हुए थे पेड़
मैदान में लेटी थी उदास
सूरज की बेटी
पैदा होते ही
पीली पड़ गई थी सुबह।

□

83

शाम

शाम आई है
सीलन की साड़ी पहने
बेतरतीब से टँगे परदे के पास
एक टुकड़ा बुझ रहा है
दिन डूब रहा है
पेड़ की टहनियों पर लटका उदास।

□

84

महानगर में बादल

समेटता हूँ अब अपना तिरपाल
चलता हूँ उन्हीं घास के मैदानों में
जहाँ होता रहा है मेरा मुक्त सहवास
उन नुकीली चोटियों पर
जिनके होंठों से टकराकर
खुल जाता है मेरे अंतर का पोर
उन खेत-खलिहानों में, पोखरों पर
जहाँ मिला करती है माटी-सी देह
जहाँ नदी-नालों में पाता हूँ अपना ही गेह
अट्टालिकाओं के आँगन में
सन्नाटों से बँधे खंभे हैं
लिपटकर कभी खुलती नहीं,
यहाँ छोटी-छोटी हथेलियाँ
बड़ी-बड़ी छतों पर
क्षण भर का आतिथ्य है
दिन भर की आहें हैं
पुल के नीचे सहमी हुई
सैकड़ों निगाहें हैं

मुझे जाना है वहीं
उसी विस्तार में
उसी अपार में
जहाँ धरती से मेरा
बहुत-बहुत पुराना परिणय है।

□

85

मिलन

उत्तप्त धरती
अधीर आकाश
दिनों का सहवास
अनबुझी प्यास
शिथिल देह
गिरता मेह
टप-टप-टप
आँखें मेरी
रह जातीं
थक-थक-थक !

□

86

प्रियतमा

तुम आना
दिल ढलने से पहले ही उतर आई
उस साँझ की तरह
जो मेरे सीने में भर गई थी
विरह की विकट वेला।
तुम आना
ओझल होती हुई
और भीतर उतारती चली जाना
अपनी छल-छल छवि।
तुम आना
प्रदीप्त अग्नि की ज्वाला-सी
भस्म हो जाया करते हैं
जिसमें मेरे सारे अविश्वास।
तुम आना
विविध भावों के इंद्रधनुष-सी
देखता रहूँ मैं जिसे देर तक
ठगा-सा।
तुम आना

बिन छुअन–सी
और मुझे कसती चली जाना
उस पाश की तरह
दुर्निवार हो जिसका मोह।
तुम आना
शृंगाररहित
औऱ अपनी पवित्रता से
मुझे पखार देना।

□

87

मुगालते

जैसे बचपन में हम छतों से
रद्दी कागज की चिंदियाँ उड़ाया करते थे
वैसे ही आज मैंने कल-से-कल तक के
मुगालतों का महल गिरा दिया है
देर तक सँभाले रहने से
देह चरमराने लगी थी
और मन के हर मकान में
मुफ्त के किराएदार रहने लगे थे।

□

88

गरीब बेटे का मध्याह्न भोज

माँ जब हहर-हहर कर साँस लेती है
ठहर-ठहर कर उठाती है अपने पाँव
तब बेटे को छाँह छँटती दिखाई देती है
पाठशाला में थमा दिया जानेवाला गरम अंडा
धीरे-धीरे उसकी जेब में ठंडा होता रहता है
पर पकता रहता है आहार के रूप में
घर पहुँचने पर फिर से तप जाता है
खाली होती माँ की आँखों में भर जाता है
उसके ही भ्रूणांश का विश्वरूप।

□

89

रीत रहा हूँ हर दिन

जैसे बीत जाया करती हैं
प्रतीक्षित ऋतुओं की रातें और दिन
सूख जाया करती हैं
अनंत धारों के साथ सलिला
बरसती धूप के साथ
उखड़ जाया करती है अखिला
तैरते सपनों के साथ
डूब जाया करती है सच्चाई
आँखों में हिलकर
छूकर गुजर जाती है पुरवाई
मेघ की आशा में
मिट जाया करते हैं खेत
प्रेम की आकांक्षा में
उभर जाया करते हैं पुराने प्रेत
विश्वास की प्रतीक्षा में
झाँकता है अविश्वास का झरोखा
उभरता है कोई बरगद
माटी को देकर धोखा।

□

90

पहचान

मैं अंधे कुएँ का मेढक हूँ
कभी जा न सका इस परिधि के उस पार
शायद उन्हें ऐसा ही लगता है,
लेकिन समय तो इस परिधि के पार का आकाश है
जहाँ से अनंत ऋतुओं की शोभा
कुछ संकेतों में सबकुछ कहती आई है।
एक दिन इसी कुएँ में
समय का विस्तार उतरेगा
मनुष्यता की सुंदर ऋतु के साथ,
तब अतल को आँकने आएँगे लोग
और भर-भर ले जाएँगे
भरोसे का पात्र।

□

91

ओए बिहारी

बड़े अशिष्ट होते हैं बिहारी
गाँव से उठकर चले आते हैं शहर
और पसर जाते हैं कहीं भी
पुल के नीचे, पार्क के भीतर
झुग्गियों में भर-भर
थूकते चलते हैं सड़कों पर
लटके फिरते हैं ट्रेनों में
कहीं भी लगा लेते हैं ठेला
खोल लेते हैं खोखा
खों-खों कर खाँसते हैं
बाँटते हैं गाल गलानेवाला गुटखा
जब मैंने पहली बार सुना था
किसी को कहते हुए, ओए बिहारी!
तब मैं समझ गया था कि
यह प्रांत से जोड़ने का विशेषण नहीं,
गालियों का संवर्धन है।
जो यौनाच्छेद से रहित है
बड़ी ही संस्कारी और प्यारी है ये गाली

जिसे कोई दिल्ली का बलात्कारी
झपटमार भी दे सकता है
वैसे भी बिहारी सत्तू खानेवाले भुस्गोल होते हैं
दिमाग से पैदल, दिल से गपतगोल
कला, विज्ञान में अकाल पीड़ित
ऊपर से चोट्टे चोर भी
समझ लो, सड़कों पर पलनेवाले पिल्ले
और पिल्ले तो कुछ भी खा लेते हैं
बड़ा तगड़ा होता है उनका इम्यून
ठीक बिहारियों की ही तरह
गाली और थाली दोनों मिलती है उन्हें
अगर ये दोनों ही चीजें नहीं मिलीं
तो भी काम चलता है बिहारियों का
क्योंकि देनेवालों ने बहुत दिया
और देते ही रहे उसे अनवरत
जरा देखिए, गाली का मुक्त, निर्बंध समाजवाद
जो हमेशा से एक जैसा रहा है
और धन्य है उसे पानेवाला बिहारी
जो कलकत्ता से चलता हुआ
दिल्ली, पंजाब में बसता रहा है
दुत्कार-ही-दुत्कार ढोता रहा है।

□

92

तारा

एक तारा
गगनचुंबी तारिकाओं के ऊपर
अनंत आकाश में अकेला
अनेक तारे धरती पर
बुझती झोंपड़ियों पर आच्छादित
अनंत तारों के बीच
कभी सप्तर्षि, कभी ध्रुव बनकर
धवल स्वच्छ आकाश में बिखरे हुए
आँखों को अनेक
स्वप्न तारिकाओं से भरते हुए
एक तारा आकाश जैसा
अट्टालिकाओं के ऊपर
धूल-धूसरित स्वप्न के बीच
माया-सी मोहक
और माया-सा ही बाधक
चमकता है गिने-चुने क्षणों में।

□

93

मुन्ना

ढाई साल का मुन्ना सुबह उठते ही
रोज पापा का फोन उठा लेता है
तुतलाकर कानों में शहद घोलता है
पापा फोन पर हनी सिंह सुनाते हैं
मुन्ना शहद सुनता है हँसते हुए
थिरकता है हनी सिंह के नाम पर
तीन साल का मुन्ना खुद खोल लेता है
पापा का नया नवेला फोन और
खोज लेता है अपने मतलब की चीजें,
पापा बड़े खुश होते हैं उसे देखकर
बतलाते हैं अपने दोस्तों को शान से
कितना शैतान है उनका छोटा संस्करण
मुन्ना मोबाइल देखता है जमकर और
टी.वी. से चिपका रहता है घंटों हर रोज
खिड़कियों से नहीं झाँकता बाहर
तितलियाँ नहीं देख पाता कभी
चिड़ियों की चहचहाहट से नहीं होता चौकन्ना
कुत्ते, बिल्लियों को देखकर नहीं उठाता उँगलियाँ

धूल-मिट्टी से नहीं पड़ता उसका वास्ता
मुन्ना एकदम साफ-सुथरा शहरी बच्चा है
उसकी रफ्तार बहुत तेज है बड़े होने की
वह इस दौर के बचपन का बादशाह है।

□

94

माँ नाहक परेशान होती हैं

अंतहीन सड़क-सी चलती रही हैं माँ
बैठती हैं वो उतनी ही देर
जितनी देर चलते रहने के लिए जरूरी है,
चलने में उनके साथी स्थिर रहे हैं—
पति, सास, पुत्र, बहुएँ, पोते-पोतियाँ
वे सब अपने-अपने पड़ावों तक चले हैं
बस माँ को ही बेमकसद भटकते देखा है,
हम सबने कहा भी है कई बार उनसे
कि वो नाहक परेशान होने की बीमारी से ग्रस्त हैं
और हम सभी बाप-बेटों का सामर्थ्य देखिए
कि अब तक हमारे जागने के बाद
हमारे हाथ-पाँवों को माँ पुकारने की आदत रही है,
चाय बनाना बहुत छोटा सा काम है
मैं भी बना लेता हूँ कई बार
पर जिस वक्त अदद सी चाय की चाहत लिये
मैं इधर-उधर देखता हूँ
उसी समय अपने कमजोर हाथों से
वो मेरे पिता को सँभाले

उन्हें बिस्तर पर सुलाते,
दवा-पानी, भोजन, सेवा करते हुए
मुझमें चाय की एक स्वार्थी सुस्ताहट भर जाती हैं
फिर मैं कहता हूँ कि माँ, आप नाहक परेशान होती हैं!

□

95

माँ

जब मैं बच्चा था
तब वो हवा थी मेरे लिए
किशोर होते हुए
पानी हो गई
नौकरी पाने के बाद
विकट स्मृति बनी
और दोस्तों के बीच
विभूषित होती रही गुणों से
विवाहोपरांत मैंने माँ को
संतुलन की रस्सी पर कसा
ताकि सुरक्षित रखे जा सकें
हमारे समय की स्त्रियों के अधिकार
अब सुविधाजन्य भावुकता है माँ
और कभी-कभार कर्तव्यबोध भी
मैंने सुना है और देखा भी है
अकसर ऐसा घटित होते हुए
बल्कि अभी ही एक कथाकार को पढ़ा है
उसकी माँ बड़ी जीवट थीं

जमीन से जुड़ी हुए इतनी कि
दो-दो सुपुत्रों की जननी होकर भी
पहाड़ों पर निर्जन पहाड़-सी रह गईं
माँ.की ऐसी अनेक कथाएँ हैं
जहाँ शब्द बहुत पवित्र, संस्कारी हैं
अर्थ नई समीक्षा की आँख है।

□

96

मजदूर माँ की गोद में बेटा

अपनी माँ के पंजरे में
पिंकू टँगा है ऐसे
जैसे टँगी है धरती ब्रह्मांड में
माँ चली जा रही है चुपचाप
जैसे समय चलता रहा है
पिंकू निरख रहा है गुमसुम
कभी उसके केश, कभी वक्ष
कभी पीठ और कंधे
और हिला-हिलाकर टाँगें
अनुभव कर रहा है
सृष्टि का ईश्वरीय संतुलन

□

97

नैनीताल

पाँव तले बैठी है वो
सदियों से उसे सींचती हुई
वो बढ़ रहा है हर पल
खींचकर उसका रसा
फैल रहा है लगातार
जैसे फैलते हैं गुब्बारे
फट जाने से पहले तक
वो सूख रही है निरंतर
व्रत करती हुई माँ जैसी।

□

98

विमोचन

एक दिन
किसी आम दिन के देहावसान से पूर्व ही
ढल जाऊँगा अचानक
उसके उत्तर-अंक में
कुछ सपनों के साथ
उन्हीं दिनों की उज्ज्वल ऊर्जा में
जो निरंतर खर्च होती रही
अर्धांगिनी के आसपास
और यह विचार करती रही कि
किसी दिन श्यामला करेगी विमोचन
अपना अपरिमित, अथाह आवरण चीरकर।

□

99

दो बहनें

दो बहनें स्कूल जाती हैं
एक-दूसरे का हाथ थामे
दो बहनें स्थिरचित्त चलती हैं
बड़े से होटल के पास से गुजरती हैं
बड़ी-बड़ी बसों को देखती हुई
दो बहनें गुस्साए साँड़ों के बगल से
निर्भय, निष्कंटक चली जाती हैं
दो बेटों को छोड़ने आया बाप
चुपचाप उन्हें देखता है
दो बहनों को माँ-बाप, भाई-बहन
दादा-दादी या फिर कोई और
कभी छोड़ने नहीं आया
वे स्वयं बचपन में ही
सब कुछ हो जाती हैं।

□

100

स्मृतियाँ

स्मृतियाँ पाखी हैं
जीवन की हरीतिमा में गाती हैं
कभी बैठ जाती हैं उजड़े मन के ठूँठ पर भी
और कभी बन जाती हैं
सहचरी बेकल एकांत की
स्मृतियाँ सामासिकता का हर्ष हैं
और जीवन के चलचित्र में
आती हैं आत्मावलोकन का पूर्वप्रसंग बनकर
स्मृतियाँ बस बीते समय का दुख नहीं
दुख तो इस समय के स्मृतिलोप का है
दुख तो पाखी और उन पलों का है।

□□□